# Ein Weihnachtsabend mit Rainer Maria Rilke

# Ein Weihnachtsabend mit Rainer Maria Rilke

Reclam

RECLAMS UNIVERSAL-BIBLIOTHEK Nr. 14038
2020 Philipp Reclam jun. Verlag GmbH,
Siemensstraße 32, 71254 Ditzingen
Umschlaggestaltung: zero-media.net
Umschlagabbildung: FinePic®
Abbildung S. 6: imago images / VIG
Schmuckelemente: © shutterstock / Nadezhda Molkentin
Druck und Bindung: Kösel GmbH & Co. KG,
Am Buchweg 1, 87452 Altusried-Krugzell
Printed in Germany 2020
RECLAM, UNIVERSAL-BIBLIOTHEK und
RECLAMS UNIVERSAL-BIBLIOTHEK sind eingetragene Marken
der Philipp Reclam jun. GmbH & Co. KG, Stuttgart
ISBN 978-3-15-014038-3
www.reclam.de

# Inhalt

Rainer Maria Rilke

# Weihnachten mit Rilke

*»Weihnachten […] war das, was mit einer Erfüllung herankam, die über alle Wünsche hinausging, und wenn es über die äußersten letzten nie noch gewünschten hinaus war, dann begann es erst recht, dann faltete es, das bisher gegangen war, Flügel aus und flog, flog, bis es nicht mehr zu sehen war und man nur noch die Richtung wusste, in dem großen fließenden Licht.«*

*Für Rainer Maria Rilke (1875–1926) war Weihnachten das bedeutendste Fest des Jahres: Eine Zeit der Besinnung, voller Duft und Stille, die er verehrte. Vorfreudig sah er der geheimnisvollen Weihnachtsstunde entgegen – und so spricht aus seinen Weihnachts- und Adventstexten eine Hingabe, die förmlich vor poetischer Kraft leuchtet.*

*Voraus geht dem Weihnachtsfest bei Rilke ein winterlicher Rückzug, ein mitunter schweigsames Innehalten, das höchste Konzentration ermöglicht. Glanz und Wärme der Sommer- und Herbstmonate sind zwar verschwunden, doch die Stille der Welt, die unter einer Schneedecke verborgen liegt, bietet eine ganz eigene Kraft. Auch der Winter kann etwas Wunderbares sein, wie sich in Rilkes Texten zeigt: »und draußen wächst im Flockenflittern / der weiße Tag zur Ewigkeit.«*

*Feierte Rilke Weihnachten zunächst häufig mit seiner Frau, der Bremer Bildhauerin Clara Rilke-Westhoff (1878–1954), und der gemeinsamen Tochter Ruth (1901–1972), beging er die Feiertage später allein. In Gedanken weilte er dabei jedoch stets bei geliebten Menschen. Viele persönliche Briefe mit Weihnachtsworten und -wünschen legen Zeugnis davon ab. So schrieb Rilke seiner Mutter Sophie (Phia) Rilke (1851–1931) einem feierlichen Zeremoniell folgend zwischen 1900 und 1925 alljährlich einen Weihnachtsbrief. Große Bedeutung hatte für beide die Sechs-Uhr-Stunde des Heiligen Abends, die Stunde der Geburt Christi. Zwar war das Verhältnis von Mutter und Sohn nicht immer einfach, doch Rilkes geschriebene Worte zeigen den treuen und bedachten Sohn, der die Mutter an seinem Leben teilhaben lässt.*

*Besonderen Raum nehmen in Rilkes weihnachtlichen Texten Kindheitserinnerungen ein, die das Herz aufklopfen lassen. Kindliche Freude und die Fähigkeit zu Staunen sind den Erwachsenen freilich nicht vorenthalten, auch sie können dem Zauber des Weihnachtsabends erliegen: »[W]ir haben eine Stelle in uns an diesem Abend wo wir einfach Kind sind, das erwartet, vertraut und unbeirrt dasteht in seinem Recht auf große Freude«.*

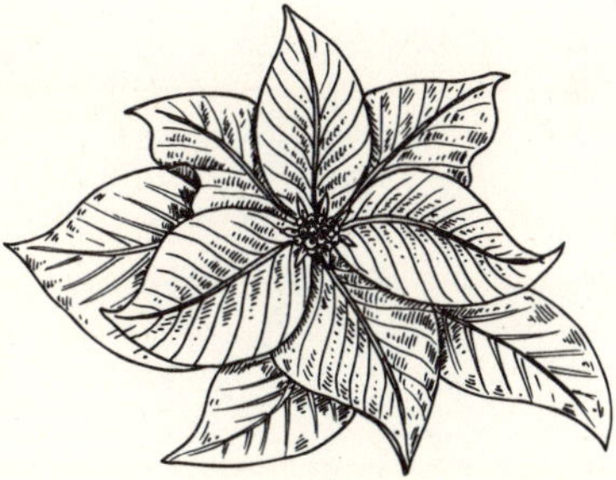

»Tage, wenn sie scheinbar uns entgleiten,
gleiten leise doch in uns hinein,
aber wir verwandeln alle Zeiten;
denn wir sehnen uns zu sein ....«

*Widmung für Alfred Walter Heymel*

# Wunder des Winters

»Sei allem Abschied voran, als wäre er hinter
dir, wie der Winter, der eben geht.
Denn unter Wintern ist einer so endlos Winter,
dass, überwinternd, dein Herz überhaupt übersteht.«

*Die Sonette an Orpheus, Zweiter Teil, XIII*

# Die hohen Tannen atmen heiser

Die hohen Tannen atmen heiser
im Winterschnee, und bauschiger
schmiegt sich sein Glanz um alle Reiser.

Die weißen Wege werden leiser,
die trauten Stuben lauschiger.

Da singt die Uhr, die Kinder zittern:
Im grünen Ofen kracht ein Scheit
und stürzt in lichten Lohgewittern, –
und draußen wächst im Flockenflittern
der weiße Tag zur Ewigkeit.

## Es gibt so wunderweiße Nächte

Es gibt so wunderweiße Nächte,
drin alle Dinge Silber sind.
Da schimmert mancher Stern so lind,
als ob er fromme Hirten brächte
zu einem neuen Jesuskind.

Weit wie mit dichtem Demantstaube
bestreut, erscheinen Flur und Flut,
und in die Herzen, traumgemut,
steigt ein kapellenloser Glaube,
der leise seine Wunder tut.

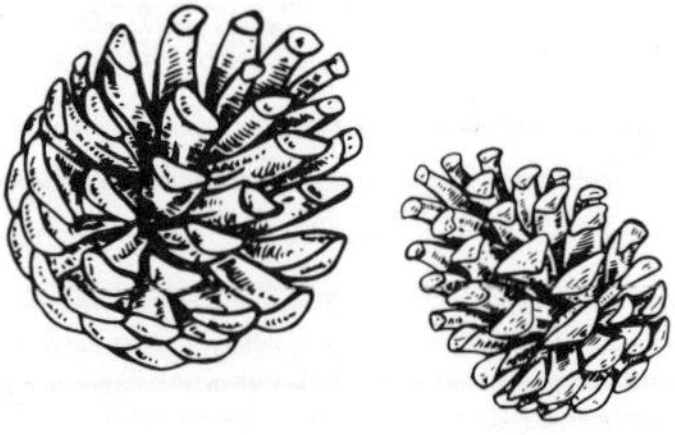

## Weiß in allen Sprachen!

*Aus einem Brief an seine Freundin und Gönnerin Nanny Wunderly-Volkart (1878–1962), 24. Dezember 1921*

Man hat nun doch beim lieben Gott auch hier für Weihnachten etwas Weißes bestellt, und er hat's, weiß der Himmel, geliefert: *Schnee.* ›Schnee‹, wie passt der Name dafür, mit dem ›Sch‹ schiebt man das Fenster auf und hat's dann vor sich, weit, eben: ..... nee – neige, nēve, snjēg: weiß in allen Sprachen! Aber schon ehe ich die Augen auftat am Morgen, wusste ich's *im Gehör*; selbst hier, wo's immer still ist, war eine *andere* Stille zu hören und ein Vogel schrieb auf ihr Weiß wie mit einer neuen Feder seine Meinung.

## Der Abend kommt von weit gegangen

Der Abend kommt von weit gegangen
durch den verschneiten, leisen Tann.
Dann presst er seine Winterwangen
an alle Fenster lauschend an.

Und stille wird ein jedes Haus:
die Alten in den Sesseln sinnen,
die Mütter sind wie Königinnen,
die Kinder wollen nicht beginnen
mit ihrem Spiel. Die Mägde spinnen
nicht mehr. Der Abend horcht nach innen,
und innen horchen sie hinaus.

## Wintermorgen

Der Wasserfall ist eingefroren,
die Dohlen hocken hart am Teich.
Mein schönes Lieb hat rote Ohren
und sinnt auf einen Schelmenstreich.

Die Sonne küsst uns. Traumverloren
schwimmt im Geäst ein Klang in Moll;
und wir gehn fürder, alle Poren
vom Kraftarom des Morgens voll.

## Winterliche Stanzen

Nun sollen wir versagte Tage lange
ertragen in des Widerstandes Rinde;
uns immer wehrend, nimmer an der Wange
das Tiefe fühlend aufgetaner Winde.
Die Nacht ist stark, doch von so fernem Gange,
die schwache Lampe überredet linde.
Lass dich's getrösten: Frost und Harsch bereiten
die Spannung künftiger Empfänglichkeiten.

Hast du denn ganz die Rosen ausempfunden
vergangnen Sommers? Fühle, überlege:
das Ausgeruhte reiner Morgenstunden,
den leichten Gang in spinnverwebte Wege?
Stürz in dich nieder, rüttele, errege
die liebe Lust: sie ist in dich verschwunden.
Und wenn du eins gewahrst, das dir entgangen,
sei froh, es ganz von vorne anzufangen.

Vielleicht ein Glanz von Tauben, welche kreisten,
ein Vogelanklang, halb wie ein Verdacht,
ein Blumenblick (man übersieht die meisten),
ein duftendes Vermuten vor der Nacht.
Natur ist göttlich voll; wer kann sie leisten,
wenn ihn ein Gott nicht so natürlich macht.
Denn wer sie innen, wie sie drängt, empfände,
verhielte sich, erfüllt, in seine Hände.

Verhielte sich wie Übermaß und Menge
und hoffte nicht noch Neues zu empfangen,
verhielte sich wie Übermaß und Menge
und meinte nicht, es sei ihm was entgangen,
verhielte sich wie Übermaß und Menge
mit maßlos übertroffenem Verlangen
und staunte nur noch, dass er dies ertrüge:
die schwankende, gewaltige Genüge.

## Wie ein Baum gehe ich nach innen

*Aus einem Brief an seine Vertraute Sidonie Nádherný von Borutin (1885–1950), 21. Januar 1923*

[D]er Winter ist, auch heuer wieder, die Zeit meiner réclusion, wie ein Baum gehe ich nach innen, außen ganz Schweigsamkeit, Stamm und Geäst, mit nicht dem kleinsten Wort-Blättchen an mir.

# Der Sternenhimmel

»Geliebtsein heißt aufbrennen. Lieben ist: Leuchten mit unerschöpflichem Öle. Geliebtwerden ist vergehen, Lieben ist dauern.«

*Die Aufzeichnungen des Malte Laurids Brigge*

## Nachthimmel und Sternenfall

Der Himmel, groß, voll herrlicher Verhaltung,
ein Vorrat Raum, ein Übermaß von Welt.
Und wir, zu ferne für die Angestaltung,
zu nahe für die Abkehr hingestellt.

Da fällt ein Stern! Und unser Wunsch an ihn,
bestürzten Aufblicks, dringend angeschlossen:
Was ist begonnen, und was ist verflossen?
Was ist verschuldet? Und was ist verziehn?

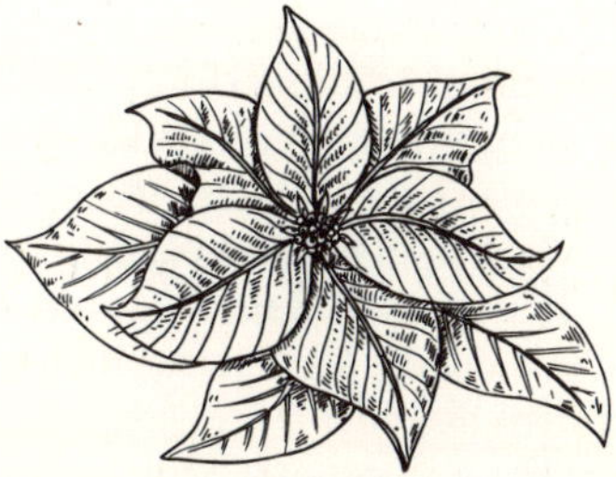

## Das Christkind

»Gestorben« stand in gleichgültigen, brutalen, feuchtleuchtenden Lettern in dem dicken, grünen Krankenhausbuch. In derselben Zeile war zu lesen: II. Stock, Zimmer 12, Nummer 78. Horvát, Elisabeth, Försterstochter, 9 Jahre alt.

Der frühe Februarabend sah wie mit rotgeweinten Büßeraugen, müd und mürrisch, in das Zimmer 12. Die grau-weißen Wände der Krankenstube schienen in dem gleichfarbenen Dämmer zu zerfließen, und das schwarze Holzkreuz schwebte frei in der Luft. Die Eisenbetten waren in verschwommenen Umrissen sichtbar. Die dämmerige Atmosphäre lag wie ein Bann auf den Kindern, deren je zwei ein Lager teilten. Irgendwo in dunkler Ecke weinte eines trostlos und leise, ein anderes erzählte mit weicher, vorsichtiger Stimme, als ob es am Bett der kranken Mutter säße, und ein kleines Mädchen, dem Fenster zunächst, hockte aufrecht in den Kissen, die Arme um die aufgestemmten Kniee geschlungen. Sein Profil und die rundliche Schulter hoben sich scharf als Silhouette ab von dem blassgrauen Fenster. Und die karbolsatte Luft war so dicht, dass es schien, als prallten die schüchternen Laute des plaudernden Mädchens an ihr ab, und nur das versteckte Weinen aus der dunkeln Ecke bohrte sich mit spitzen Tönen in das Dämmer. So ist es im Wald an den Nebelnachmittagen des Frühherbstes: Die Stimmen aus Bach und Kraut versickern in dem Dunstmeer, und nur das Wimmern windgequälter Wipfel zittert durch den einsamen Tann.

Jetzt trat die wartende Schwester zärtlichen Schrittes in die Stube ein. Sie entzündete die Gasflamme, die, hinter grünem Zeug versteckt, an der Mittelwand des Zimmers angebracht war. – Das mondscheinfarbene Licht flutete weich wie eine an flachem Sande landende Welle durch den Raum und beleuchtete fast gleichmäßig die fünf Eisenbetten. Die Schwester aber schob den Vorhang ein wenig beiseite: Ungehemmt, mit rücksichtsloser Gewalt brach das grelle, rote Licht hervor. Eines von den mattschwarzen Wandtäfelchen war jetzt voll beschienen; es trug die Nummer 78. Das Bett darunter war zerwühlt und leer. Die Schwester trat hinzu, entfernte die Linnen und glättete die Matratzen.

Die Kinder waren alle verstummt. Sie folgten jeder Bewegung der Schwester mit geblendeten, lichtscheuen Blicken. Sogar die Kleine in der Ecke weinte nicht mehr. Sie saß aufrecht, den Kopf in beide Fäustchen gepresst, und unter der schneeweißen Stirnbinde glühten ihre Augen, groß, wie eine einzige dunkle Frage.

Die Wärterin warf ihr die Puppe, die sie im verlassenen Lager gefunden, in den Schoß. Das Kind zuckte nur leicht zusammen und rührte das Spielzeug nicht an. Als starrte es in eine grelle vernichtende Flamme, sprühte in seinen Fieberaugen ein unsteter, flackernder Widerschein auf. Und in unbestimmtem Bangen verkroch sich das Kind, das das Bett mit ihm teilte, unter die Decke.

Da wandte sich die Kleine beim Fenster, und ihre Stimme war wie ein Sonntagslied:

»Ist die Betty jetzt ein Engel?«

Die Schwester nickte und lächelte und breitete mit ihren weißen Händen die hellblaue Hülldecke über das leere Bett.

Der Tod ist ein Nummerwechsel. – Die kleine Elisabeth lag jetzt drunten in der Kammer, deren weiße Außenwände sie oft vom Fenster aus gesehen hatte. Sie war kleiner geworden und brauchte mit ihren abgefrorenen Füßchen wenig Raum in dem schlichten Holzbett, an dem schon die neue Nummer angeheftet war. Die Nummer der Grube da draußen. Die war schon bereit; aber sie gähnte nicht schwarz wie der Rachen eines Untiers. Die hereinbrechende Nacht begann ein schimmerweißes Schneelinnen hineinzuweben, so dass der Platz nett und verlockend aussah wie das Bettchen reicher Kinder. Und die kleine Betty in der stillen Kammer lag so ruhig und getrost da, als wüsste sie das. Die wachsweißen Händchen hielten, wie spielend, ein kleines Holzkreuz, das Haar sonnte wie ein Heiligenschein aus der Spitzenwolke des Sterbekissens, und um die dünnen, blassen Lippen blühte ein wehmütiges Lächeln; so schlingt sich ein Kranz Immortellen um ein vergilbtes Gebetbuchblatt.

Lächelte sie, weil sie schon die liebe Mutter gesehen hatte, die sie nun seit vier Jahren beim lieben Gott erwartete? War die kleine Seele schon auf jungen, schimmerweißen Falterflügeln durch die grauen Nebel, an lauter lächelnden Sternen vorbei, in die ewige Heimat geflogen? Flatterte sie schon über die weite Milchstraße, wo so viele fleißige Engel sitzen, die immer neue Sterne blasen, wie die Kinder auf Erden Seifenkugeln? War sie leicht gar schon nahe beim lieben Gott, der einen großen, silbernen Bart haben musste und eine große, leuchtende Krone?

Dorthin dürfen doch reine Seelen?

Und Narben gehen ja nicht durch bis auf die Seele, – nicht wahr?

Sie kriechen nur über das kleine tote Körperchen wie rote, giftige Raupen. – Und wenn der liebe Gott befiehlt, dass die kleine Elisabeth mit diesem Körperchen angetan vor ihm erscheinen sollte, so werden die Wunden daran sicher schon heil sein, und man wird selbst im Himmel, wo es doch sehr hell ist, nicht einmal einen roten Strich mehr sehen.

Und das ist gut; denn der liebe Gott und die gute Mutter – sie sollen nicht wissen, dass die Stiefmutter die kleine Betty blutig geschlagen hat. Und, dass sie's nie erfahren, das betete wohl die Kleine mit den blassen, gefalteten Händchen und den stillen, toten Lippen in der dunklen Leichenkammer.

Seliger Weihnachtstag, da die Kleinen mit vor Ungeduld trippelnden Beinchen und leuchtenden Augen an der verschlossenen Türe lauschen, hinter der sich helle, duftende Wunder vorbereiten, mit wichtiger Miene der Mutter zusehen, die den Festtagsfisch schmort für das Abendessen, und, alte Lieder auf den frischen Lippen, zum Großmütterchen, das im hohen Ohrenstuhl am plaudernden Feuer träumt, hüpfen und ihm die sanften, faltigen Hände küssen. Und dann kommt wohl auch der Vater heim und bringt, Schneeperlen im Barte, ein tüchtig Stück Winter mit und erzählt vom Christkind, das ihm auf verwehten Wegen begegnet ist, und dass es Haare wie eitel Gold hat und die Hände voll bunter, prächtiger Dinge. – Und draußen heult der Sturm, und ein Schlitten klingt irgendwo, und alles ist so geheimnisvoll und so groß und so feierlich, dass man es nie mehr vergessen kann – ein ganzes Leben nicht.

Und die kleine Elisabeth hatte es auch nicht vergessen, dass es einmal so war, als Mutter noch lebte und die fremde Frau mit dem roten Gesichte noch nicht mit am Tische aß. Und sie hockte fröstelnd am Herde, in dem ein wildes, ungastliches Feuer loderte.

Ihre Sehnsucht nach der Mutter war auf einmal gar groß. Und als die dicke Frau sie mit Schlägen aus der Küche trieb, da verkroch sie sich wie ein misshandelter Hund in den letzten Winkel unter dem Dache und weinte dort leise in sich hinein. Und es war, als löste sich alles Schwere, Dunkle in ihr in diesen lautlosen Tränen. Sie wusste endlich nur, dass es heute wieder Weihnachten war, und dass alle guten Kinder fröhlich sein müssen, weil das Christkind durch die Welt geht.

Der Vater fand sie dort, strich ihr mit zitternden Fingern durchs Haar und schenkte ihr ein paar Kreuzer – einen ganzen Reichtum für das Kind. Und Betty hüpfte empor und schlang mit lachenden, klaren Augen beide Arme fest um Vaters Hals.

Das war wie ein Abschied.

Zwei Stunden später trippelte die Kleine, Vaters Kreuzer in der rechten Faust, durch die Gassen des Städtchens. Der Weihnachtstag war weiß und windstill, und der körnige Schnee verbrämte, wie weißes Pelzwerk, die dünnen Schuhe des Kindes. Es lief waldwärts. Bei den letzten Häusern traf es eine kleine Gespielin. Die verstellte ihr den Weg und sagte in überlegenem Tone: »Glaubst du, das Christkind kommt auch zu dir?«

Betty schlug die großen, blauen Augen auf und antwortete mit inniger Überzeugung: »Das Christkind kommt zu allen braven Kindern.«

Und die Mittagsglocken klangen groß und ernst in den frostroten Weihnachtstag, als sagten sie ein ›Amen‹ dazu.

Beim letzten Krämer kaufte Elisabeth um ihre Kreuzer ein paar Kerzchen, eine bunte, lange Flitterkette, Zündhölzchen und ein riesiges Herz aus Lebkuchen. Mit diesen Schätzen beladen lief sie weiter in den Wald, wo ihr schon keine Menschen mehr begegneten, als die, die wegabseits dürres Reisig suchten; und die sahen vergrämt und erfroren aus und achteten nicht des Kindes.

Es gibt eine Stelle im Walde, wo der Abend, der sein Gold, ängstlich wie ein Geizhals, hinter den nächsten Berg trägt, zögernd verweilt, als könnte er sich kaum trennen von der schönen Erde. Dort stehen langstielige weiße Blüten, und die wiegen dann ihre Pracht im veratmenden Winde, wie Kinder, die dem scheidenden Vater ihre Tücher nachschwenken. So – sommers. Allein auch mitten im Winter, da der frühmüde Abend die roten Sohlen durch den schimmernden Schnee schleift, rastet er dort und küsst mit letzter Glut die alte, auf verwitterter Steinsäule wohnende Wegmadonna, die ihm in einsamer Wehmut nachlächelt.

Das war der kleinen Elisabeth liebster Platz. Dorthin war sie oft geflüchtet, brennende Schläge auf dem Rücken, und hatte der vergessenen Himmelskönigin ihr Leid erzählt wie einer Mutter. Und ihr war oft gewesen, als trüge das Steinbild die Züge des toten Mütterchens. Und nun hatte sie die Stelle noch viel lieber. Solang es Blumen gab, verging kein Tag, ohne dass das Kind den rostigen Nagel am Sockel mit frischem Schmuck verdeckte; und, traun, wenn jeder Altar im Lande nur einen solchen Beter fände, Gott müsste der Welt näher kommen!

Auch an diesem Weihnachtsabend ging die Kleine den gewohnten Weg und schleppte den Tand, den sie eingekauft hatte, mit sich. Ein stiller Plan machte ihre Augen glänzen und ihre Füßchen eilen. Sie warf der Steinmadonna einen neckisch-ehrfurchtsvollen Blick zu, der besagen sollte: Gelt, ich bin brav? Heut hast du mich nicht erwartet.

Dann ging sie ohne Zagen ans Werk.

Jenseits des Pfades, an dem die Betsäule stand, begann ein junges Tannengehölz. Das kleine Mädchen wählte einen der vordersten Bäume, dessen Spitze es mit ausgestrecktem Arm eben noch erreichen konnte, und spannte die bunte Papierkette um die waagrechten Zweige, auf denen schon fester Schnee wie glitzernder Demantschmuck prangte. Dann tropfte es die Kerzchen an den Ast-Enden fest, und zugleich mit dem ersten Stern der Heilsnacht gingen die Lichter an dem einsamen Weihnachtsbaum auf.

Das war nun wirklich eine große Pracht. Um die rotschwelenden Kerzchen herum schmolz der Schnee, und das glitzerte und blitzte, dass es eine Freude war. Klein-Elisabeth sagte zuerst ein frommes Sprüchlein vor der Muttergottes her und rief, auf das strahlende Bäumchen weisend: »Freut's dich?« Dann biss sie gar herzhaft in das Lebkuchenherz und stand mit vollen Backen so nah vor dem leuchtenden Tannenbaum, dass der Widerschein des Glanzes in ihren reinen Augen funkelte.

Der ganze, weite Wald schien das Christfest mitzufeiern. Die hohen, schwarzen Tannen standen weit im Umkreis wie ehrfurchtsvolle Beter und staunten das just noch so unbedeutende Bäumchen an, wie Menschen ein Wunderkind betrachten. Die fernen Sterne sogar schienen sich über der Stelle zusammenzudrängen, um ja nichts von dem

Schauspiel zu verlieren und dem lieben Gott und den Engeln und der guten Mutter der kleinen Elisabeth erzählen zu können, was für ein braves Kind sie wäre.

Auf den dämmerigen Waldwegen aber kamen große schwarze Vögel in neugierigen Sprüngen näher. Die könnten auch Hunger haben, dachte das Kind; Betty verspürte keine Furcht, und so teilte sie das mächtige Kuchenherz mit den gierigen Gästen. Ihr ward so froh und so selig, dass sie hätte singen mögen, wenn sie nur ein recht schönes, würdiges Lied gewusst hätte.

Die Kerzen waren schon ziemlich tief gebrannt; da setzte sich die Kleine zu Füßen des Heiligenbildes hin mit glücklichen Augen und frostblauen Händchen. Aber vom Frieren fühlte sie nichts. Es war so wunderstill um sie, und wenn sie die Augen schloss, so sah sie sich auf dem Schoß der teuren Mutter sitzen in warmer, traulicher Stube. Die Uhr tickte in gemessenem, behäbigem Takte, und der Wind schraubte sich in den prasselnden Kamin. Die Mutter strich ihr leise und zärtlich über den Scheitel und küsste sie mit roten, weichen Lippen mitten auf die Stirn. Und sie war schön, die Mutter, schön, wie die Fee im Märchen von Andersen, und trug eine seltsame Krone im reichen, flutenden Haar.

Und sie anschauen – war gut …

So kam es, dass die kleine, arme Elisabeth ein schöneres Christfest hatte, als die reichen, satten Kinder in den schimmernden Stuben.

Sie war sehr glücklich. Und dieses Glück leuchtete auf dem kleinen Gesichte, wie sie so zu Füßen der Madonnensäule schlief. Die Händchen waren fest und treu gefaltet, und vom Steinbild floss ein schwarzer Schatten über das lächelnde Kind, als hätte die gnädige Himmelsfrau einen schützenden Schleier darüber gebreitet.

Das Bäumchen strahlte noch einmal hell auf in mählich verlöschender Pracht, und es hub ein Schneien an, langsam und feierlich, als schwebten alle Sterne zur Erde nieder.

Zwei Waisenkinder gingen an diesem Weihnachtsabend spät aus der Stadt dorfwärts durch den Wald. Und sie erzählten dem Pfarrer im Dorfe atemlos, mit glänzenden Augen:

»Wir haben das Christkind gesehen – mitten im Wald. Es lag neben einem herrlich leuchtenden Bäumchen und ruhte aus. Und es war schön, das Christkind, – so schön …«

## Sehnsuchtsgedanken

Ich seh so gern im Lichtgewand
dort in der blauen Ätherferne
allnächtig wandeln stille Sterne,
ich fühle ihnen mich verwandt.

Sie waren's, die in frühster Zeit
schon tief in meine Seele schauten,
sie waren balde die Vertrauten
für meine Lust und für mein Leid.

Es ist – wie könnt es anders sein –
mein ganzes Herze ihnen offen,
und ihnen möcht ich all mein Hoffen
aus in die stillen Lüfte streun.

Dies Hoffen säh ich dann so gern
leicht durch der Nächte heilig Schweigen
empor zum Licht der Sterne steigen
und droben schweben – auch als Stern ....

# Die Geburt Christi

»Im hohen Himmelsraum
dort zieht der Sterne Reigen,
der Bäume Wipfel neigen
sich leise wie im Traum.«

*Trost*

## Argwohn Josephs

Und der Engel sprach und gab sich Müh
an dem Mann, der seine Fäuste ballte:
Aber siehst du nicht an jeder Falte,
dass sie kühl ist wie die Gottesfrüh.

Doch der andre sah ihn finster an,
murmelnd nur: Was hat sie so verwandelt?
Doch da schrie der Engel: Zimmermann,
merkst du's noch nicht, dass der Herrgott handelt?

Weil du Bretter machst, in deinem Stolze,
willst du wirklich *den* zur Rede stelln,
der bescheiden aus dem gleichen Holze
Blätter treiben macht und Knospen schwelln?

Er begriff. Und wie er jetzt die Blicke,
recht erschrocken, zu dem Engel hob,
war der fort. Da schob er seine dicke
Mütze langsam ab. Dann sang er lob.

## Verkündigung über den Hirten

Seht auf, ihr Männer. Männer dort am Feuer,
die ihr den grenzenlosen Himmel kennt,
Sterndeuter, hierher! Seht, ich bin ein neuer
steigender Stern. Mein ganzes Wesen brennt
und strahlt so stark und ist so ungeheuer
voll Licht, dass mir das tiefe Firmament
nicht mehr genügt. Lasst meinen Glanz hinein
in euer Dasein: Oh, die dunklen Blicke,
die dunklen Herzen, nächtige Geschicke
die euch erfüllen. Hirten, wie allein
bin ich in euch. Auf einmal wird mir Raum.
Stauntet ihr nicht: der große Brotfruchtbaum
warf einen Schatten. Ja, das kam von mir.
Ihr Unerschrockenen, o wüsstet ihr,
wie jetzt auf eurem schauenden Gesichte
die Zukunft scheint. In diesem starken Lichte
wird viel geschehen. Euch vertrau ich's, denn
ihr seid verschwiegen; euch Gradgläubigen
redet hier alles. Glut und Regen spricht,
der Vögel Zug, der Wind und was ihr seid,
keins überwiegt und wächst zur Eitelkeit
sich mästend an. Ihr haltet nicht
die Dinge auf im Zwischenraum der Brust
um sie zu quälen. So wie seine Lust
durch einen Engel strömt, so treibt durch euch
das Irdische. Und wenn ein Dorngesträuch
aufflammte plötzlich, dürfte noch aus ihm
der Ewige euch rufen, Cherubim,
wenn sie geruhten neben eurer Herde

einherzuschreiten, wunderten euch nicht:
ihr stürztet euch auf euer Angesicht,
betetet an und nenntet dies die Erde.

Doch dieses war. Nun soll ein Neues sein,
von dem der Erdkreis ringender sich weitet.
Was ist ein Dörnicht uns: Gott fühlt sich ein
in einer Jungfrau Schoß. Ich bin der Schein
von ihrer Innigkeit, der euch geleitet.

## Geburt Christi

Hättest du der Einfalt nicht, wie sollte
dir geschehn, was jetzt die Nacht erhellt?
Sieh, der Gott, der über Völkern grollte,
macht sich mild und kommt in dir zur Welt.

Hast du dir ihn größer vorgestellt?

Was ist Größe? Quer durch alle Maße,
die er durchstreicht, geht sein grades Los.
Selbst ein Stern hat keine solche Straße.
Siehst du, diese Könige sind groß,

und sie schleppen dir vor deinen Schoß

Schätze, die sie für die größten halten,
und du staunst vielleicht bei dieser Gift –:
aber schau in deines Tuches Falten,
wie er jetzt schon alles übertrifft.

Aller Amber, den man weit verschifft,

jeder Goldschmuck und das Luftgewürze,
das sich trübend in die Sinne streut:
alles dieses war von rascher Kürze,
und am Ende hat man es bereut.

Aber (du wirst sehen): Er erfreut.

## Die Nacht der aufgetanen strahlenden Tiefe

*Aus einem Brief an seine Mutter Sophie (Phia) Rilke (1851–1931), 17. Dezember 1920*

Was ich Dir wünsche, liebe Mama, ist, dass an diesem weihevollen Abend das Erinnern aller Not, ja das Bewusstsein der nahen Sorge und Unsicherheit des Daseins ganz aufgehalten und gewissermaßen aufgelöst sein möchte in jenem innersten Wissen um die Gnade, der ja keine Zeit zu dicht im Verhängnis und keine Bangheit so verschlossen ist, dass sie nicht zu i h r e r Zeit – die n i c h t die unsrige ist! – einzutreten und das scheinbar Unüberwindliche mit ihrem milden Sieg zu durchdringen wüsste. Es gibt keinen Moment im langen Jahre, wo man sich ihre immerfort mögliche Erscheinung und dann Allgegenwärtigkeit so lebhaft ins Gemüt zu rufen vermöchte, wie diese über die Jahrhunderte hin unabhängige Winternacht, die durch die unvergleichliche Hinzukunft jenes alle Wesen umwandelnden Kindes die Summe aller übrigen Erdennächte an Wert mit einem Schlag überwog und übertraf. Mag der leichte Sommer, wo das Dasein um ein Beträchtliches erträglicher und mühloser scheint, wo wir nicht so unmittelbarer Anfeindung aus der Luft und aus der heiter beschäftigten Natur uns zu erwehren haben –, mag der glücklichere Sommer uns mit Tröstungen verwöhnen, – was sind sie alle gegen die unermesslichen Trostschätze dieser außen unscheinbaren, ja armen Nacht, die nach innen zu plötzlich offen steht wie ein Alle umfassendes und wärmendes Herz und die wirklich mit Schlägen ihres glockentönigen Herzens antwortet auf unser Hinein-Horchen in den innersten Gewahrsam!

Alle Verkündigungen der Vor-Zeit reichten nicht hin, diese Nacht anzusagen, alle Hymnen, die zu ihrem Preise gesungen worden sind, reichten nicht an die Stille und Spannung heran, in der Hirten und Könige niederknieten –, so wie ja auch wir, keiner von uns, je imstande gewesen ist, während diese Wunder-Nacht ihm geschieht, die Maße seines Erlebens anzugeben.

Es ist so recht das Mysterium von dem knieenden, von dem tief knieenden Menschen: dass er größer sei, seiner geistigen Natur nach, als der stehende! welches in der Nacht gefeiert wird! Der Knieende, der sich ganz ans Knieen gibt, verliert allerdings das Maß seiner Umgebung, selbst aufschauend, wüsste er nicht mehr zu sagen, was groß und was klein ist. Aber ob er gleich in seiner Abgebogenheit kaum die Höhe eines Kindes hat, so ist er, dieser Knieende, doch nicht klein zu nennen. Mit ihm verschiebt sich die Skala, denn er, indem er der eigentümlichen Schwere und Kraft in seinen Knieen folgt, und die Stellung einnimmt, die sich zu ihnen hinbezieht, gehört bereits zu jener Welt, in der Höhe – Tiefe ist, – und wenn schon Höhe unserem Blick und unseren Apparaten un-ermesslich bleibt –: wer ermäße die Tiefe?

# Die Heiligen drei Könige

*Legende*

Einst als am Saum der Wüsten sich
auftat die Hand des Herrn
wie eine Frucht, die sommerlich
verkündet ihren Kern,
da war ein Wunder: Fern
erkannten und begrüßten sich
drei Könige und ein Stern.

Drei Könige von Unterwegs
und der Stern Überall,
die zogen alle (überleg's!)
so rechts ein Rex und links ein Rex
zu einem stillen Stall.

Was brachten die nicht alles mit
zum Stall von Bethlehem!
Weithin erklirrte jeder Schritt,
und der auf einem Rappen ritt,
saß samten und bequem.
Und der zu seiner Rechten ging,
der war ein goldner Mann,
und der zu seiner Linken fing
mit Schwung und Schwing
und Klang und Kling
aus einem runden Silberding,
das wiegend und in Ringen hing,
ganz blau zu rauchen an.

Da lachte der Stern Überall
so seltsam über sie,
und lief voraus und stand am Stall
und sagte zu Marie:

Da bring ich eine Wanderschaft
aus vieler Fremde her.
Drei Könige mit *magenkraft*[1],
von Gold und Topas schwer
und dunkel, tumb und heidenhaft, –
erschrick mir nicht zu sehr.
Sie haben alle drei zuhaus
zwölf Töchter, keinen Sohn,
so bitten sie sich deinen aus
als Sonne ihres Himmelblaus
und Trost für ihren Thron.
Doch musst du nicht gleich glauben: bloß
ein Funkelfürst und Heidenscheich
sei deines Sohnes Los.
Bedenk, der Weg ist groß.
Sie wandern lange, Hirten gleich,
inzwischen fällt ihr reifes Reich
weiß Gott wem in den Schoß.
Und während hier, wie Westwind warm,
der Ochs ihr Ohr umschnaubt,
sind sie vielleicht schon alle arm
und so wie ohne Haupt.
Drum mach mit deinem Lächeln licht
die Wirrnis, die sie sind,

1 mittelhochdeutsch: »Macht« (RMR.)

und wende du dein Angesicht
nach Aufgang und dein Kind;
dort liegt in blauen Linien,
was jeder dir verließ:
Smaragda und Rubinien
und die Tale von Türkis.

## Das Mysterium des kleinen Heilands

*Aus einem Brief an seine Mutter Sophie (Phia) Rilke, 18. Dezember 1921*

Hier bin ich, liebe Mama, auch zu *diesem* Weihnachten und schließe mich, wie seit je, Deinem festlichen Gebete an und bitte, wie seit je, drinnen eingeschlossen und hochgehoben zu sein in den alten heiligen Glanz dieses feierlichsten Abends. – Lass uns, wie immer in diesem Moment der vielfachen Bedrängnis, die die äußeren Verhältnisse immer noch so nahe rücken, fast an jenes Leben heran –, unrecht geben; in diesem Augenblick sei sie nichts als Vorläufiges, Vergängliches, – und was ihr gegenüber aufgeht und sie überwiegt, sei jenes Innerste in uns, das von ihr unberührt geblieben ist, jene tiefste, reinste Mitte unserer Natur, aus der uns zeitlebens nichts als Schutz gekommen ist, Stille und Überwältigung zur Zuversicht. Dort, im Zentrum seines Gemüts, das ihm selber so oft unzugänglich bleibt, feiert der Christ Weihnachten, und sein Fest hängt einzig daran, ob er sich die Gnade erhalten hat, dort, in seinem Allerinnersten eintreten, dort einen Augenblick still sein, dort auf eine unsäglich feierliche Art zuhause sein zu dürfen. – Was *mich* angeht, so habe ich es, in meiner entlegenen Zuflucht, besser als Du, wenn ich in der verabredeten Stunde, um unseretwillen und für mich selbst, den Zugang zu diesem Allerheiligsten im eigenen Wesen werde finden wollen: denn hier unterstützt mich alles darin: dieses alte manoir, das sogar, das sogar auf dem Niveau meines Arbeitszimmers, dicht neben mir, jenen kleinen Raum enthält, der immer noch »die Kapelle« heißt, obgleich er leer steht seit lange und nur eine eigentümlich, mit der Hand gewölbte Fensternische die Stelle anzeigt, an der einmal vor drei, vierhundert Jahren der Altar gestanden haben mag. Aber nicht genug daran, über den Weg hinüber seh ich aus meinen Fenstern, die ländliche Kapelle der heiligen Anna, ein kleines verlassenes und doch immer noch von einzelnen Anhänglichen besuchtes Heiligtum, das immer zum Schlosse Muzot gehört hat und sich an der gleichen Stelle erhebt, an der früher die größere Kirche stand, deren letzter Geistlicher, im 17. Jahrhundert, der später seliggesprochene, jetzt noch im ganzen Wallis verehrte Matthias Will war. Und nicht allein dies hilft mir zur inneren Sammlung: Wie in einem Sternbild verteilt stehen über- und unterhalb Muzot alle die weißen länglichen Kirchen, alle mit ihren reinen Glocken und ihren lieblichen Glockenspielen; und geh ich aus, so gibt es keine Wegkreuzung, die nicht durch ein stilles Holzkreuz, keinen Hügel weithin, der nicht durch ein kleines Gotteshaus bezeichnet wäre. So werd ich vielfach unterstützt sein diesmal im In-mich-gehen der heiligen Stunde, und allen diesen Beständen ringsum, wirst Du, liebe Mama, von meinem ganzen Herzen aus aufgeboten und anempfohlen sein.

Aber auch Dir, die Du ja immer die unbeirrbare Stärke hast, den Weg in jene innere Helle zu finden, in der nun Weihnachten wird, in diesem ganzen inneren Augenblick –, auch Dir wird es, obwohl von außen die Sorgen Dich so viele näher bedrängen, nicht schwer sein, Dich auf den reinsten und lautersten Platz im inneren Gemüt zurückzuziehen, um dort das Mysterium des kleinen Heilands zu feiern, dessen Macht damals am herrlichsten und unschuldigsten war, da er schon in der Krippe lag: zur Welt gekommen –, und die Welt noch nicht zu ihm. *So* darf ihn heute, wer ein stilles, nicht zu sehr flackerndes Herzlicht hat, gewahren und anstaunen und anbeten!

# Vorfreude auf Weihnachten

»Das Wetter war grau und grell;
Der Abend ist lichter und leiser.«

*Advent*

## Advent

Es treibt der Wind im Winterwalde
die Flockenherde wie ein Hirt,
und manche Tanne ahnt, wie balde
sie fromm und lichterheilig wird;
und lauscht hinaus. Den weißen Wegen
streckt sie die Zweige hin – bereit,
und wehrt dem Wind und wächst entgegen
der einen Nacht der Herrlichkeit.

## So nah vor dem Herzen

*Aus einem Brief an seine Vertraute Sidonie Nádherný von Borutin, 15. Dezember 1907*

Wenn so ein Weihnachten herankam und zögerte und plötzlich da war, so nah vor dem Herzen, wie ein Berg, an dem man nicht hinaufsehn kann, – welches Erleben erlebten wir da nicht? Welche Erwartung blieb außerhalb, welche Freude wurde uneröffnet zurückgelegt; und wie viel Schicksal war aufgelöst in alledem, wie viel von Traurigkeit und Tod tranken wir mit einem Tropfen Enttäuschung, der süß war wie alles andere und doch so anders in seiner Süße –. / Ich merke nun, wie sehr es in der Arbeit wiederkommen will, dieses Alles-in-Allem-sein, das die Kindheit war.

## In dem engelhaften Wehen der Vorfreude

*Aus einem Brief an seine Mutter Sophie (Phia), vor Weihnachten 1923*

Aber lass mich noch eine Weile bei der Vorfreude bleiben. Die habt Ihr mich ja, Du und Papa, in einer unvergleichlichen Weise, gelehrt, mittels der Vorbereitungen und Überraschungen, die bei uns zu diesem Fest gehörten. Was schlug mir das Herz, vom Geburtstag an, über den St. Nikolaus-Tag auf Weihnachten zu, und wie steigerte sich diese seine Erregtheit immer noch mehr, am 21ten, am 22ten, am 23ten, bis am seltsam ausgesparten Nachmittag des 24ten, in seinem nicht mehr zu steigernden Sturm jene Windstille eintrat, die im Menschlichen mit dem Zuviel beginnt, und in deren reine Atemlosigkeit dann die Glocken, die Glockenspiele eindrangen, die dem Aufspringen der Türen zuvorflogen durch die Dämmerung des unvergleichlichen Wintertags. Vielleicht bin ich deshalb, meine liebe Mama, ein solcher Rühmer der Freude geworden (sie dem Glück, auch noch dem, was die Menschen ein großes Glück nennen, unbedenklich vorziehend), weil Ihr mich zu so großer Vorfreude erzogen habt und an diesem einen Tag, in dem so viel Erfüllung geheimnisvoll zusammenkam, meinem Herzen zumutetet, in der Leistung der Vorfreude, ein Maß der Freude anzunehmen, das völlig unaussprechlich war. Die Freude selbst war es dann ja auch: unaussprechlich. Vielleicht schlug in sie etwas Verwirrung hinein, etwas Taumel fiel über sie her, etwas selige Müdigkeit beschlug sie … so dass man in ihr nicht mehr so klar, nicht mehr so rein leistend war, nicht mehr so unbeschränkt aktiv wie in dem engelhaften Wehen der Vor-Freude. Dort ging man, man stieg –, hier, in der Freude, war man über einen äußersten Rand gehalten und meinte nicht anders zeitweise, als zu fallen, weich und tief zu fallen. Denn, wer weiß, vielleicht ist das Leben so unendlich diskret, dass die Freude schon Einbildung ist: Vielleicht ist ja das ganze Irdische, in seiner letzten Zusammenfassung, in der auch noch der größeste Schmerz, als eine Einzelheit, untergeht, nichts als eine einzige Vor-Freude – und die Freude, die uns hier überträfe, wartet anderswo.

## So ein Fest hat langsam zu kommen

*Aus einem Brief an seine Vertraute und Gönnerin Nanny Wunderly-Volkart, 15. Dezember 1922*

[D]enn Weihnachten hat so eine Unaufhaltsamkeit im Näherkommen. Bei diesem Fest merkt man's besonders, wie das Tempo der Welt nicht mehr auf es Rücksicht nehmen mag, so ein Fest hat langsam zu kommen, wie damals als man Kind war, da zählte man und wartete und es war trotzdem noch weit, das gehört dazu, dieser langsame Advent, nun rast man im Lebens-Schnellzug darauf zu, hält an keiner Station, und es ist nicht mal sicher, dass man in ›Weihnachten‹ halten wird, drei Minuten vielleicht, – und weiter auf die große Stadt Neujahr zu, wo's endlich ein kleines Aussteigen gibt und Händewaschen.

# Unter dem Christbaum

»[U]nd sicher waren viele Bücher unter dem Weihnachtsbaum, die nun an die Reihe kommen und reichen bis der Frühling kommt und mit ihm Reiselust und Reise.«

*Aus einem Brief an seine Vertraute*
*Sidonie Nádherný von Borutin, 26. Dezember 1906*

## Wo die singenden Engel stehen

*Aus einem Brief an seine Mutter Sophie (Phia) Rilke, 22. Dezember 1900*

[W]ir haben nie viel geredet unter dem Christbaum. So soll es auch heute sein, zumal das Reden auf dem Papier nicht einmal die Illusion von Nähe hervorruft. Und die sollst Du haben, d. h. mehr als die Illusion, – die Sicherheit, dass ich Dir nahe bin an diesem Abend, den Du mir, seit ich ihn zum ersten Mal erlebte, geschmückt und durch Beweise Deiner Liebe und Güte reich gemacht hast! Und Du sollst mich nahe empfinden, weil ich Dir mein neues Buch schenke und auf diese Weise mit dem Besten, was ich bis jetzt errungen habe und geworden bin, zu Dir komme, mit viel mehr als nur mit meinem Körper und Gesicht, mit viel mehr als meiner Seele: – mit einer Potenz meiner Kraft und Liebe, mit einem Teil meiner tiefen Frömmigkeit, mit einem Stück meiner Zukunft. – Das Buch »Vom lieben Gott« … ist alles das. Nimm es gut auf und lass es das vollbringen am Heiligen Abend, was ich hier wünsche. Erkenne mich darin, liebe Mama.

Ich sage nicht mehr, – ich lege nur einfach mein Buch unter den kleinen Christbaum, oder dort auf das kleine Tischchen, wo die singenden Engel stehen und wo Du mir im vorigen Jahr die Fülle Deiner Gaben ausgebreitet hast. Siehst Du, man kann es ruhig aussprechen, denn ich bin wieder da, wie im Vorjahr, nur nicht gehetzt, nicht zu bestimmter Stunde kommend oder forteilend, ich bin an diesem Abend ganz leise überall in Deiner Stube, ohne Hast und voll teilnehmender Liebe. Und ich gehe nur fort, wenn Du anfängst traurig zu sein ... Aber das tust Du nicht, nicht wahr – denn: Mein Buch ist voll Zuversicht und Licht!

## Ein großer Baum

*Aus einem Brief an seinen Verleger Anton Kippenberg (1874–1950), 28. Dezember 1914*

[B]ei mir, der ich seit Jahren keinen beherbergt habe, steht ein großer Baum, als ob ein Kind unsichtbar da wäre oder ich eines Kindes Freude leisten sollte –; liebe Freunde haben für mich gesorgt, ich nahm's hin und empfand's in Herzens Sehweite, hinein kommt so leicht nichts in diesen Tagen.

## Der kleine schimmernde Baum

*Aus einem Brief an seine Vertraute Sidonie Nádherný von Borutin, 30. Dezember 1907*

Der kleine schimmernde Baum ist so recht Ruths Baum geworden; an ihm sitzt sie und spielt, und es ergibt sich, dass die neue Puppe, die sie mit ihrem eigenen Namen benannt hat, man weiß nicht woher: die Goldprinzessin heißt. Mit dem Brief aber, den Sie noch in der Weihnacht selbst mir schrieben, da schon der große Feiertag mit all seiner Stille nah am Anbruch war, ist von Ihrem feierlichen und innigen Gefühl vieles unvermindert zu mir her gekommen: Auch das war wie ein ganzer Christbaum, um den hier wieder Engel kreisten, dieselben, schien mir, die ihn dort, in dem winterlichen Schloss umgeben hatten. Denn muss es nicht mit den Engeln sein wie mit den Sternen: dass dieselben über uns allen sind; über denen wenigstens, die ohne Irrtum, freudig und ernsthaft voneinander wissen?

## Diese liebe Erscheinung

*Aus einem Brief an seine Vertraute Sidonie Nádherný von Borutin, 26. Dezember 1913*

Am 24. hab ich im Stillen an Sie gedacht, wie's verabredet war. Ich las (ganz unerwartet kam's dazu) Bossuets Totenrede auf Madame Henriette d'Angleterre, darüber wurde es spät, das Haus war still, aber man kann's nie wissen, was noch kommt. Fast schon im Einschlafen, bekam ich noch einmal Weihnachten ins Bewusstsein: In dem hohen Atelierfenster, das ich, von meinem Schlafzimmer aus, in einiger Entfernung gegenüber habe, – ging, nach und nach, das volle Sternbild eines Christbaums auf und, zusammen mit den Glocken der Mitternachtsmette, wirkte diese liebe Erscheinung unverdient herüber, bis ich sie leise in den Schlaf hineinlöste.

## Innere herzliche Sicherheiten

*Aus einem Brief an seine Mutter Sophie (Phia) Rilke, 21. Dezember 1907*

Möchtest Du, liebe Mama, in solchen Empfindungen und inneren herzlichen Sicherheiten die stillste Stunde verbringen, die jene weihnachtliche Stunde ist. Ich denke von Herzen zu Dir hin, ohne mich von der Entfernung beirren zu lassen; um sechs Uhr öffne ich das Kuvert, das in Deinem lieben eingeschriebenen Briefe lag und Du wirst zur gleichen Zeit die kleine Sendung öffnen, die ich heute abschicke. Dann wird die kleine Ruth ihren Weihnachtsbaum bewundern und ihr Fest feiern, zu dem die Sachen, die Deine Fürsorge ihr zugedacht hat, das Meiste beitragen werden. Aus Deinem lieben Brief weiß ich ja nun schon, wie lieb Du an uns gedacht und wie sehr Du für jeden *das* ausfindig gemacht hast, was ihm am meisten Freude bereitet. Lieben herzlichen Dank für alles. Ich bin sicher, dass Clara über den englischen Flanell sehr glücklich sein wird: Da ihr gerade ein Morgenkleid sehr fehlt, könnte ihr wirklich kein lieberes Geschenk gegeben werden. Und Ruth hat ja, weiß Gott, eine lange Liste: Das Piquékleidchen wird besonders reizend für sie sein, und ich sehe schon, wie sehr die Pastellstifte ihren Wünschen entsprechen: Es gibt nichts, was ihr über das Zeichnen und Schreiben geht. Sie spricht jetzt sehr viel von Dir. An ihrem Geburtstag war sie erst ganz traurig, als der Postbote keinen Brief von Dir brachte und rechnete damit, dass die Wünsche von »Großmama Phia« (wie sie sagte) mit der Mittagspost kommen würden. Dann war sie sehr befriedigt und stolz, als gerade vor Tisch Dein liebes an sie gerichtetes Telegramm eintraf.

# Die stille, heilige Nacht

»Das ist die Sehnsucht: wohnen im Gewoge
und keine Heimat haben in der Zeit.
Und das sind Wünsche: leise Dialoge
täglicher Stunden mit der Ewigkeit.«

*Frühe Gedichte*

## Weihnacht

Die Winterstürme durchdringen
die Welt mit wütender Macht. –
Da – – sinkt auf schneeigen Schwingen
die tannenduftende Nacht …

Da schwebt beim Scheine der Kerzen
ganz leis nur, kaum, dass du's meinst,
durch arme irrende Herzen
der Glaube – ganz so wie einst …

Da schimmern im Auge Tränen,
du fliehst die Freude – und weinst,
der Kindheit gedenkst du mit Sehnen,
oh, wär es noch so wie einst! …

Du weinst! … die Glocken erklingen –
es sinkt in festlicher Pracht
herab auf schneeigen Schwingen
die tannenduftende Nacht.

## Diese stille Weihnachtsstunde

*Aus einem Brief an seine Mutter Sophie (Phia) Rilke, 20. Dezember 1903*

Wer Vertrauen hat ist stark, und diese stille Weihnachtsstunde ist von denen, die Kraft verleihen können, weil sie voll Wunder ist und voll Geheimnis. Und man muss nur still und einsam und geduldig genug sein, um die Gnade einer solchen Stunde in sich aufzunehmen, die in viele nicht eingeht, weil kleines Geräusch in ihnen ist und keine Ordnung. Es liegt schließlich alles daran, dass wir uns an das Große halten, an das, was wir allein in unserem Herzen erleben und was niemand stören kann. Wenn wir uns in den Stunden großer Sammlung und Erhebung sagen, dass das das Leben ist, was sich so zitternd und festlich in uns rührt und unseren Blick blendet mit großen glänzenden, tiefherkommenden Tränen, – dann wird die kleine Wirrnis, die uns umgibt, das Tägliche und Trübe uns nicht mehr irremachen; mit mitleidiger Nachsicht werden wir es ertragen und wenn wir auch leiden unter der Last, sie wird uns nicht geringer machen als Gott uns will, der gerade jene Stunden der Erhebung uns gesetzt hat wie strahlende Stationen des dunklen Weges, auf dem wir ihn suchen!

## Weihnachten ist der stillste Tag im Jahr

*Für Clara Rilke-Westhoff (1878–1954), Weihnachten 1901*

Weihnachten ist der stillste Tag im Jahr,
da hörst du alle Herzen gehn und schlagen
wie Uhren, welche Abendstunden sagen:
Weihnachten ist der stillste Tag im Jahr.

Da werden alle Kinderaugen groß,
als ob die Dinge wüchsen, die sie schauen,
und mütterlicher werden alle Frauen
und alle Kinderaugen werden groß.

Da musst du draußen gehn im weiten Land,
willst du die Weihnacht sehn, die unversehrte,
als ob dein Sinn der Städte nie begehrte,
so musst du draußen gehn im weiten Land.

Dort dämmern große Himmel über dir
die auf entfernten weißen Wäldern ruhen.
Die Wege wachsen unter deinen Schuhen
und große Himmel dämmern über dir.

Und in den großen Himmeln steht ein Stern
ganz aufgeblüht zu selten großer Helle.
Die Fernen nähern sich wie eine Welle
und in den großen Himmeln steht ein Stern.

## Weihnachtsgedanken

*Aus einem Brief an seine Mutter Sophie (Phia) Rilke, 19. Dezember 1910*

Also, meine liebe Mama, einen herzlichsten Kuss in der feierlichen Weihnachtsstunde, der stillsten im Jahr, der heimlichsten, in der immer noch im Unsichtbaren sich Wünsche bis zum Äußersten anspannen und wunderbar erfüllen: Verbringe sie in einer tiefen großen Sammlung Deines Herzens, lass allen Zweifel und alles Nichtverstehen aus, wir haben eine Stelle in uns an diesem Abend wo wir einfach Kind sind, das erwartet, vertraut und unbeirrt dasteht in seinem Recht auf große Freude: Dies ist Weihnachten, einmal im Jahr diese Erwartung in sich fühlen, dieses feste durch nichts enttäuschbare Anrecht, – fühlen, dass das Erwachsene, das jetzt über uns ist, nicht weniger, nein, mit viel mehr, mit Unendlichem uns überraschen will, dass im Grunde unsere größten Wünsche, wenn wir sie nur recht ins Herz fassen, nicht unerfüllt bleiben können, dass wir gar keinen Moment den *Wunsch*, sondern eigentlich immer schon eine kleine Erfüllung in uns tragen, die wir der Pflege Gottes überlassen müssen, der sie großzieht und zu Ansehen bringt aus unserem Erdreich.

# Weihnachten in der Erinnerung

»Alles das Eilende
wird schon vorüber sein;
denn das Verweilende
erst weiht uns ein.«

*Die Sonette an Orpheus, Erster Teil, XXII*

# Erinnerung

Und du wartest, erwartest das Eine,
das dein Leben unendlich vermehrt;
das Mächtige, Ungemeine,
das Erwachen der Steine,
Tiefen, dir zugekehrt.

Es dämmern im Bücherständer
die Bände in Gold und Braun;
und du denkst an durchfahrene Länder,
an Bilder, an die Gewänder
wiederverlorener Fraun.

Und da weißt du auf einmal: Das war es.
Du erhebst dich, und vor dir steht
eines vergangenen Jahres
Angst und Gestalt und Gebet.

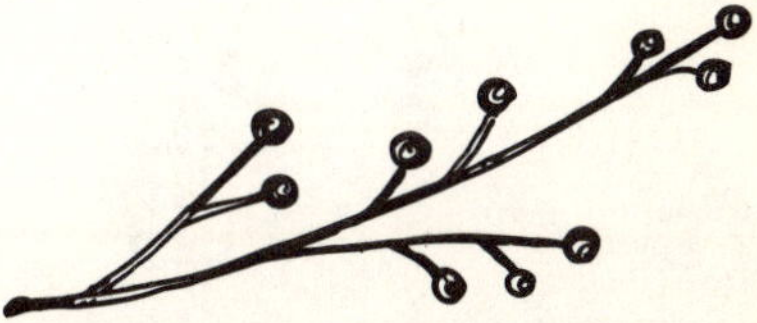

## Lass dich nicht irren die Zeit

*Mit dieser Widmung schenkte Rilke seiner Mutter Sophie (Phia) Rilke eine braune Lederausgabe des deutschen Augustinus.*

Lass dich nicht irren die Zeit: Was ist nah,
was ist fern?
Hören wir nicht dieses Herz, wie es hinging
zum Herrn?
wie es uns, über vieles Geschehne, berührt
und erreicht:
so erreichen wir unsere sichere Seele
vielleicht.

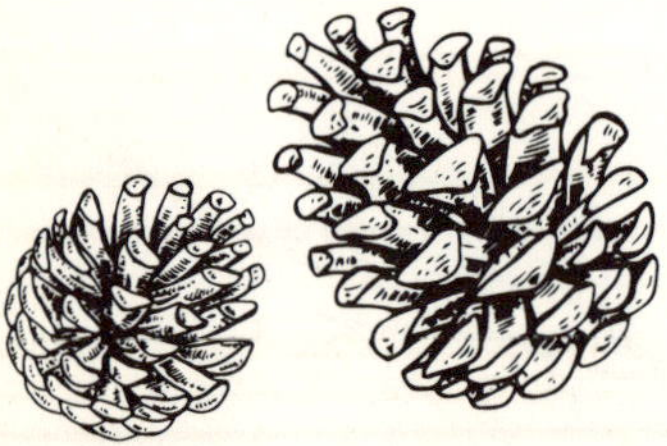

## So groß, so unbeschreiblich

*Aus einem Brief an seine Frau Clara Rilke-Westhoff, 19. Dezember 1906*

Du weißt … was mir in meiner frühen Kindheit Weihnachten war; selbst noch dann, als die Militärschule mir ein wunderloses, hartes, unbegreiflich boshaftes Leben so glaubhaft vortäuschte, dass mir keine andere neben jener unverschuldeten Wirklichkeit möglich schien; selbst dann noch war Weihnachten wirklich und war das, was mit einer Erfüllung herankam, die über alle Wünsche hinausging, und wenn es über die äußersten letzten nie noch gewünschten hinaus war, dann begann es erst recht, dann faltete es, das bisher gegangen war, Flügel aus und flog, flog, bis es nicht mehr zu sehen war und man nur noch die Richtung wusste, in dem großen fließenden Licht.

Und alles das hatte noch immer, immer noch Macht über mich. Und in jedem dieser Jahre, wenn ich für uns oder für Ruth ein Weihnachten aufbaute, so verachtete ich ein wenig mein Gebautes, weil es so weit hinter jenem Wunder zurückblieb, von dem ich wusste, dass es in meiner Phantasie nicht willkürlich und hemmungslos gewachsen war: So groß, so unbeschreiblich war es schon immer gewesen.

## Hinter meinen geschlossenen Augen

*Aus einem Brief an seine Mutter Sophie (Phia) Rilke, 21. Dezember 1913*

Ich versuche es, Dir geistig so nahe zu sein, wie ich es als Kind mit meinem völligen Wesen war, wenn wir nebeneinander knieten, um dann überschüttet von Glocken, dem überirdisch erstrahlten Ziel entgegenzudrängen. So sehr war durch die Mühe des guten Papas, jene Freude zu groß für mein unerwachsenes Herz, dass ich heute noch unerschöpfte Ströme von ihr in meinem Wesen entdecke, sowie ich nur jener Erinnerung eine Weile lang nachgebe. Auch ist mir kein Weihnachten, wo es auch war, vergangen ohne dass es hinter meinen geschlossenen Augen für eine Sekunde unbeschreiblich hell wurde und wundersam bewegt. Kommt doch alles Lichte meiner Kindheit in jenen glücklichen Abenden zusammen, da man, in dem schönen Kleide, gleichsam den Engeln verschwistert war und sich zwischen ihnen und der übrigen Welt auf einer schwebenden Insel erhielt, zu der einen die Leichtheit des eigenen Herzens hinaufgehoben hatte.

## Vor Weihnachten 1914

1

Da kommst du nun, du altes zahmes Fest,
und willst, an mein einstiges Herz gepresst,
getröstet sein. Ich soll dir sagen: Du
bist immer noch die Seligkeit von einst
und ich bin wieder dunkles Kind und tu
die stillen Augen auf, in die du scheinst.
Gewiss, gewiss. Doch damals, da ich's war,
und du mich schön erschrecktest, wenn die Türen
aufsprangen – und dein wunderbar
nicht länger zu verhaltendes Verführen
sich stürzte über mich wie die Gefahr
reißender Freuden: Damals selbst, empfand
ich damals *dich*? Um jeden Gegenstand
nach dem ich griff, war Schein von deinem Scheine,
doch plötzlich ward aus ihm und meiner Hand
ein neues Ding, das bange, fast gemeine
Ding, das besitzen heißt. Und ich erschrak.
O wie doch alles, eh ich es berührte,
so rein und leicht in meinem Anschaun lag.
Und wenn es auch zum Eigentum verführte,
noch war es keins. Noch haftete ihm nicht
mein Handeln an; mein Missverstehn; mein Wollen
es solle etwas sein, was es nicht *war*.
Noch war es klar
und klärte mein Gesicht.
Noch fiel es nicht, noch kam es nicht ins Rollen,
noch war es nicht das Ding, das widerspricht.

Da stand ich zögernd vor dem wundervollen
Un-Eigentum .....

2

(......... Oh, dass ich nun vor dir
so stünde, Welt, so stünde, ohne Ende
anschauender. Und heb ich je die Hände
so lege nichts hinein; denn ich verlier.

Doch lass durch mich wie durch die Luft den Flug
der Vögel gehen. Lass mich, wie aus Schatten
und Wind gemischt, dem schwebenden Bezug
kühl fühlbar sein. Die Dinge, die wir hatten,

(oh sieh sie an, wie sie uns nachschaun) nie
erholen sie sich ganz. Nie nimmt sie wieder
der reine Raum. Die Schwere unsrer Glieder,
was an uns Abschied ist, kommt über sie.)

3

Auch dieses Fest lass los, mein Herz. Wo sind
Beweise, dass es dir gehört? Wie Wind
aufsteht und etwas biegt und etwas drängt,
so fängt in dir ein Fühlen an und geht
wohin? drängt was? biegt was? Und drüber übersteht,
unfühlbar, Welt. Was willst du feiern, wenn
die Festlichkeit der Engel dir entweicht?
Was willst du fühlen? Ach, dein Fühlen reicht
vom Weinenden zum Nicht-mehr-Weinenden.
Doch drüber sind, unfühlbar, Himmel leicht
von zahllos Engeln. Dir unfühlbar. Du

kennst nur den Nicht-Schmerz. Die Sekunde Ruh
zwischen zwei Schmerzen. Kennst den kleinen Schlaf
im Lager der ermüdeten Geschicke.
Oh wie dich, Herz, vom ersten Augenblicke
das Übermaß des Daseins übertraf.
Du fühltest auf. Da türmte sich vor dir
zu Fühlendes: ein Ding, zwei Dinge, vier
bereite Dinge. Schönes Lächeln stand
in einem Antlitz. Wie erkannt
sah eine Blume zu dir auf. Da flog
ein Vogel durch dich hin wie durch die Luft.
Und war dein Blick zu voll, so kam ein Duft,
und war es Dufts genug, so bog ein Ton
sich dir ans Ohr ... Schon
wähltest du und winktest: dieses nicht.
Und dein Besitz ward sichtbar am Verzicht.
Bang wie ein Sohn ging manches von dir fort
und sah sich lange um, und sieht von dort,
wo du nicht fühlst, noch immer her. O dass
du immer wieder wehren musst: genug,
statt: *mehr!* zu rufen, statt Bezug
in dich zu reißen, wie der Abgrund Bäche?
Schwächliches Herz. Was soll ein Herz aus Schwäche?
Heißt Herz-sein nicht Bewältigung?
Dass aus dem Tier-Kreis mir mit einem Sprung
der Steinbock auf mein Herzgebirge spränge.
Geht nicht durch mich der Sterne Schwung?
Umfass ich nicht das weltische Gedränge?
Was bin ich hier? Was war ich jung?

## Aus dem Innern herauf

*Aus einem Brief an seine Leserin Anita Forrer, 22. Dezember 1920*

Oh, ich denke nicht daran fortzugehen; denn das Wesentliche meiner retraite auf Berg ist eben ihre Ununterbrochenheit – und auch die beste Unterbrechung wäre eben eine; ich denke auch nicht *mehr* Weihnachten zu halten und zu fühlen, als vielleicht jenen kleinen Augenblick, da es einen aus dem Innern herauf in seiner eigentümlichen Rührung mahnt, solange mag's das Recht behalten, auf das es sich so weit zurück jedes Mal zu berufen scheint.

Im Übrigen müssen mir jetzt alle Tage Werktage sein; es fehlt ihnen trotzdem zuweilen nicht an Feierlichkeit.

## Staunend und freudig

*Aus einem Brief an seine Mutter Sophie (Phia) Rilke, 18. Dezember 1922*

Hier ist, liebe Mama, der Gruß unserer gemeinsamen Sechs-Uhr-Stunde, der immer gleiche, von Jahr zu Jahr getreue. Möge er Dich in der tiefen freudigen Innerlichkeit finden, in der wir seit je diesen Augenblick begangen haben, der der zuversichtlichste des Jahrs zu sein verdient. Die Geburtsstunde des Heils! Ich fühle, Du versenkst Dich tief in das liebe, so oft erfahrene und geahnte Wunder und empfindest in der unendlichen Geborgenheit seiner Anschauung die reine Unberührtheit unseres Herzens, und wie's, wenn wir nur die Kraft haben, es ab und zu in das Licht zu halten, in die Mitte des Lichts –, wie's dann gefestigt und gefeit ist gegen alle Angriffe des Elends und der Verlassenheit.

Es ist mir von Jahr zu Jahr ergreifender, wie Du, liebe Mama, es vermocht hast, mit so angegriffenem und leidendem Körper, eine solche Stärke und Beständigkeit des Herzens wider die eindringlichsten und schwierigsten Umstände zu bewähren, wie viele an Deiner Stelle wären verzweifelt, während Du doch eigentlich, wenn ich's bedenke, in Deinem unausgesetzten Kampfe immer stärker geworden bist, ja recht fühlbar *froher* und Dir, obwohl das Leben seine trübsten Seiten Dir zugekehrt hielt, doch, unbeirrt, eine Freudigkeit und Zustimmung aus den inneren Vorräten Deines Wesens zuströmte, die nicht zu erklären ist mit den Mitteln menschlichen Verstandes, und die ja auch unerklärt und wunderbar bleiben soll ein für alle Mal. Aber es ist heute der Abend vom Wunder zu reden, angesichts des Wunders der heiligen Krippe, aus dem Dir, da Du nicht aufhörtest es unter allen Umständen zu verehren und anzubeten, diese Fülle geflossen ist! – So lass uns, liebe Mama, auch heute, wie seit Jahrzehnten, wie in meiner kleinsten Kindheit, staunend und freudig vor diesem heiligen Geheimnis vereinigt sein: wie sehr der gute Papa das Geschenkzimmer vorzubereiten wusste, so dass das Kinderherz hoch aufschlug beim Aufspringen der Flügeltür und meinte, wie von einer Welle der Erfüllung überwältigt zu sein. Aber wie viel gewaltiger noch, je mehr dieses eine kindliche Herz wächst und zunimmt, wie ungeheuer überlegen auch noch in ihm, dem erwachsensten Herzen, bleibt diese verschwenderische jede seiner Erwartungen überfüllende Welle, wenn sie nun nicht mehr aus dem heimlich ausgestatteten, plötzlich eröffneten Zimmer, nicht mehr vom übervollen Gabentisch, sondern von der kleinsten unscheinbarsten Stelle herüberschlägt, an der wir das Weihnachtslicht anzünden. Die Erscheinung des lieblichen Wunders durfte kleiner, geringer werden, weil wir dahingekommen sind, über dem mindesten Zeichen seiner Gegenwart, den ganzen Glanz *in* uns, in unserem festlichen, geordneten Gemüt wahrzunehmen. Die Bescherung hat draußen nur ein Tischchen für sich, aber die lange Tafel der Erfüllungen steht nun in unserem Herzen, umgeben von einem Glanz, der auch noch die Erinnerung an den schönsten Christbaum der Kindheit übertrifft.

# Ein Binnen-Fest aller guten Erinnerungen

*Aus einem Brief an seine Freundin und Gönnerin Marie von Thurn und Taxis-Hohenlohe (1855–1934), 28. Dezember 1909*

Um die Wahrheit zu sagen, gütigste Fürstin, es war eine Art Entbehrung für mich, Ihnen um Weihnachten nicht von meinem Gedenken zu schreiben, das lebhaft und dankbar war. Wenn man diesen Abend allein am Arbeitstisch verbringt – höchstens etwas mehr zurückgelehnt als sonst – so wird er so recht ein Binnen-Fest aller guten Erinnerungen […].

# Verzeichnis der Texte und Druckvorlagen

Die Texte der vorliegenden Ausgabe folgen – unter behutsamer Angleichung an die neue Rechtschreibung – den hier verzeichneten Editionen; in den Textnachweisen werden sie jeweils mit den angegebenen Titelsiglen abgekürzt zitiert.


| | |
|---|---|
| AF | Rainer Maria Rilke – Annita Forrer. Briefwechsel. Hrsg. von Magda Kerényi. Frankfurt a. M.: Insel, 1982. |
| B | Briefe an seinen Verleger. 1906–1926. 2 Bde. Neue erweiterte Ausg. Hrsg. von Ruth Sieber-Rilke und Carl Sieber. Leipzig: Insel, 1949. |
| BW | Rainer Maria Rilke – Marie von Thurn und Taxis: Briefwechsel. Erster Band. Hrsg. von Ernst Zinn. 2 Bde. Wiesbaden/Zürich: Niehans & Rokitansky Verlag / Insel, 1951. |
| GB | Gesammelte Briefe in sechs Bänden. Bd. 2: Briefe aus den Jahren 1904 bis 1907. Bd. 4: Briefe aus den Jahren 1914 bis 1926. Bd. 6: Briefe an seinen Verleger 1906 bis 1926. Hrsg. von Ruth Sieber-Rilke und Carl Sieber. Leipzig: Insel, 1941. |
| NWV | Briefe an Nanny Wunderly-Volkart. Im Auftrag der Schweizerischen Landesbibliothek und unter Mitarbeit von Niklaus Bigler besorgt durch Rätus Luck. 2 Bde. Frankfurt a. M.: Insel, 1977. |
| SNB | Briefe an Sidonie Nádherný von Borutin. Hrsg. von Bernhard Blume. Frankfurt a. M.: Insel, 1973. |
| SW | Sämtliche Werke. Hrsg. vom Rilke-Archiv. In Verbindung mit Ruth Sieber-Rilke. Besorgt durch Ernst Zinn. 6 Bde. Bd. 1: Gedichte. Erster Teil. Bd. 2: Gedichte. Zweiter Teil. Bd. 3: Jugendgedichte. Bd. 4: Frühe Erzählungen und Dramen. Bd. 6: *Malte Laurids Brigge.* Prosa 1906–1926. Wiesbaden / Frankfurt a. M.: Insel, 1955–1966. |
| WB | Weihnachtsbriefe an die Mutter. Hrsg. von Hella Sieber-Rilke. Frankfurt a. M. / Leipzig: Insel, 1995. |

## Weihnachten mit Rilke

9 SW 2,210

## Wunder des Winters

11 SW 1,759 | 13 SW 1,107 f. | 14 SW 1,84 f. | 15 NWV 1,623 | 16 SW 1,108 | 17 SW 1,27 | 18 SW 2, 62 f. | 20 SNB 326

## Der Sternenhimmel

21 SW 6,937 | 23 SW 2,175 | 24 SW 4,63–72 | 33 SW 3,77 f.

## Die Geburt Christi

35 SW 3,66 | 37 SW 1,671 | 38 SW 1,671–673 | 40 SW 1,673 f. | 41 GB 4,361 f. | 43 SW 1,411–413 | 46 WB 71–73

## Vorfreude auf Weihnachten

49 SW 1,108 | 51 SW 1,101 | 52 SNB 55 | 53 WB 77–79 | 55 NWV 2,824

## Unter dem Christbaum

57 SNB 32 | 59 WB 9 f. | 61 GB 6,245 | 62 SNB 59 f. | 63 SNB 210 | 64 WB 30 f.

## Die stille, heilige Nacht

65 SW 1,145 | 67 SW 3,418 | 68 WB 19 | 69 SW 3,755 f. | 70 WB 38 f.

## Weihnachten in der Erinnerung

71 SW 1,745 | 73 SW 1,399 | 74 SW 2,211 | 75 GB 2,227 f. | 76 WB 48 | 77 SW 2,95–98 | 80 AF 62 | 81 WB 74 f. | 83 BW 1,6